VANDALS
KILL

Les DINOSAURES de L'APOCALYPSE

Scénario, dessin et couleur :

Rune Ryberg

Les Aventuriers de l'Etrange

Les Aventuriers de l'Étrange

40, avenue Jules Dufaure
17100 Saintes
www.les-aventuriers-de-letrange.fr

Turbo Fang de Rune Ryberg

Direction de publication : Marc-Antoine Fleuret
Couverture et maquette : Rune Ryberg

Avec le concours financier de la région Nouvelle-Aquitaine
Avec le concours financier de la *Danish Arts Foundation*

Danish Arts Foundation

Imprimé en Slovaquie sur les presses de *Polygraf Print*
Dépôt légal : mars 2021
ISBN : 978-2-490195-26-8
Première édition

Ankylosaurus

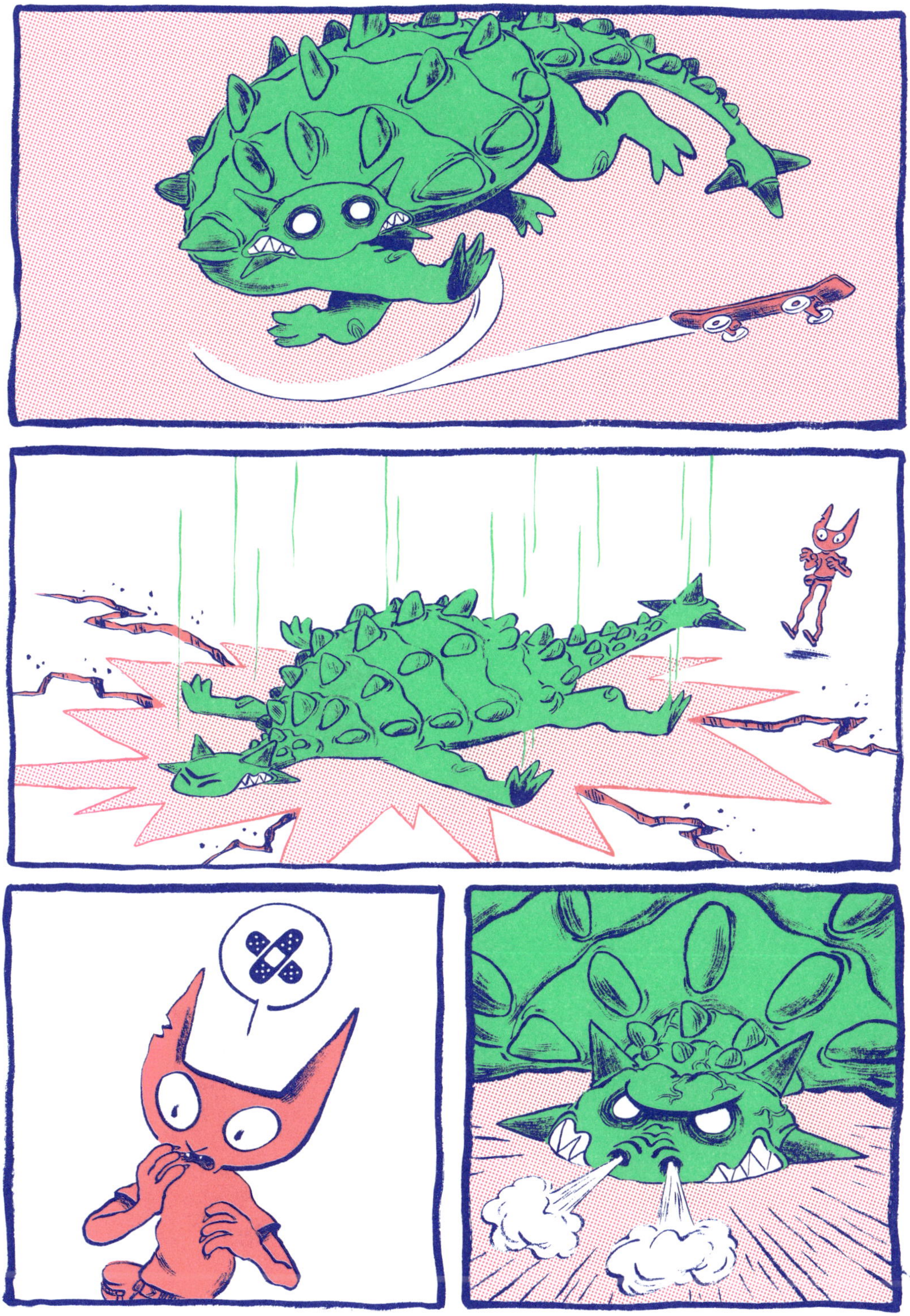

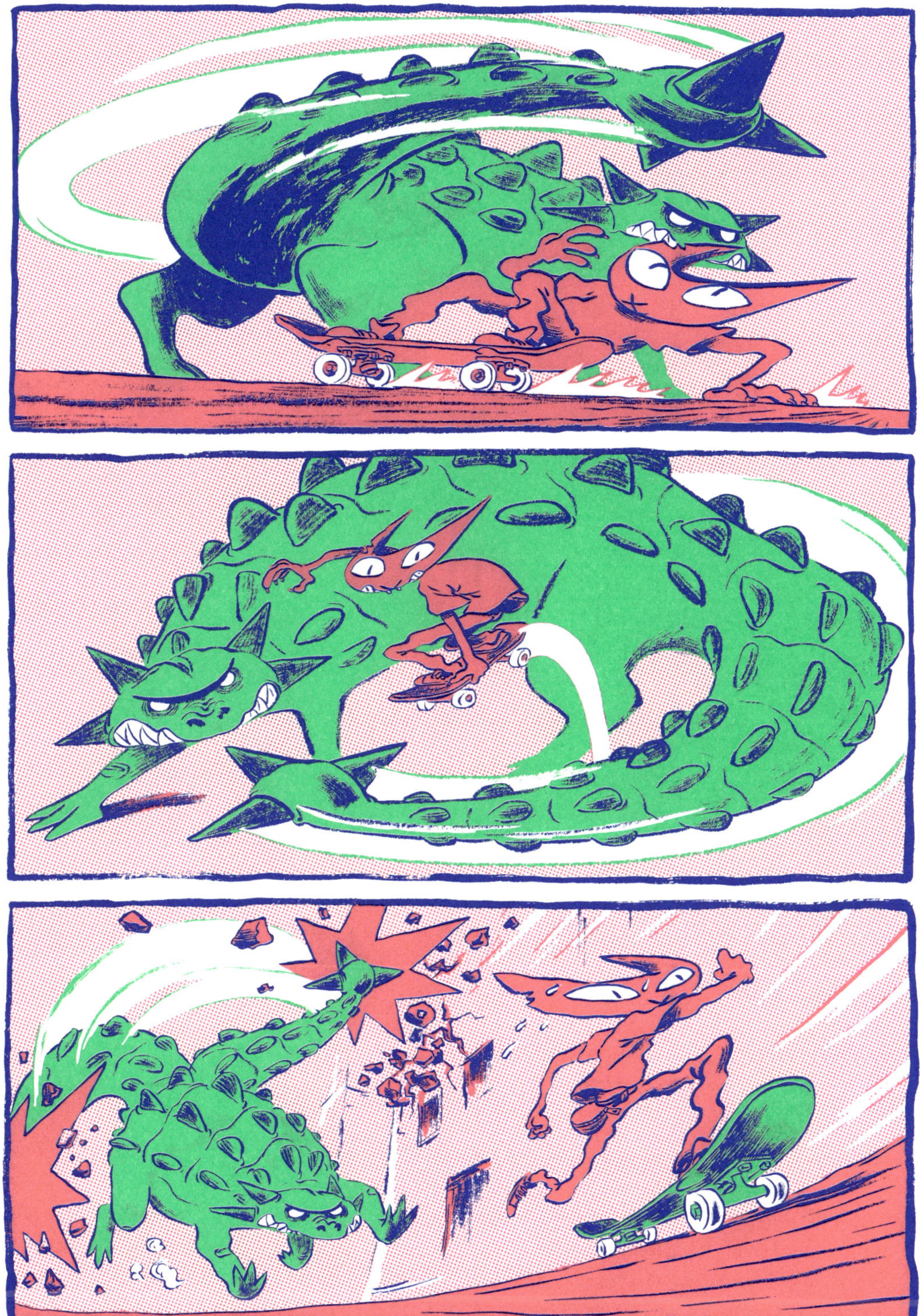

TURBO FANG

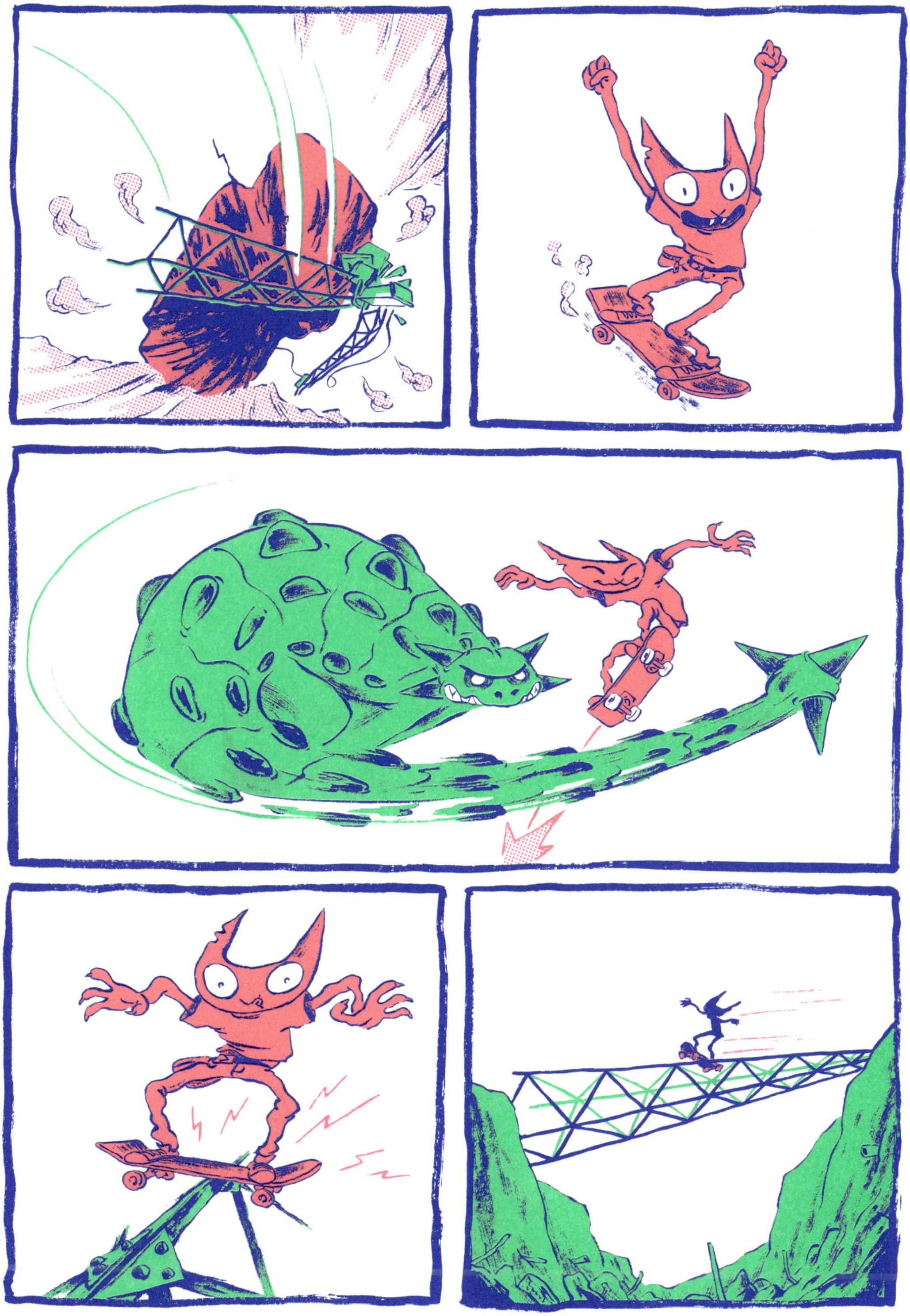

RR 2021

RR2016

Triceratops

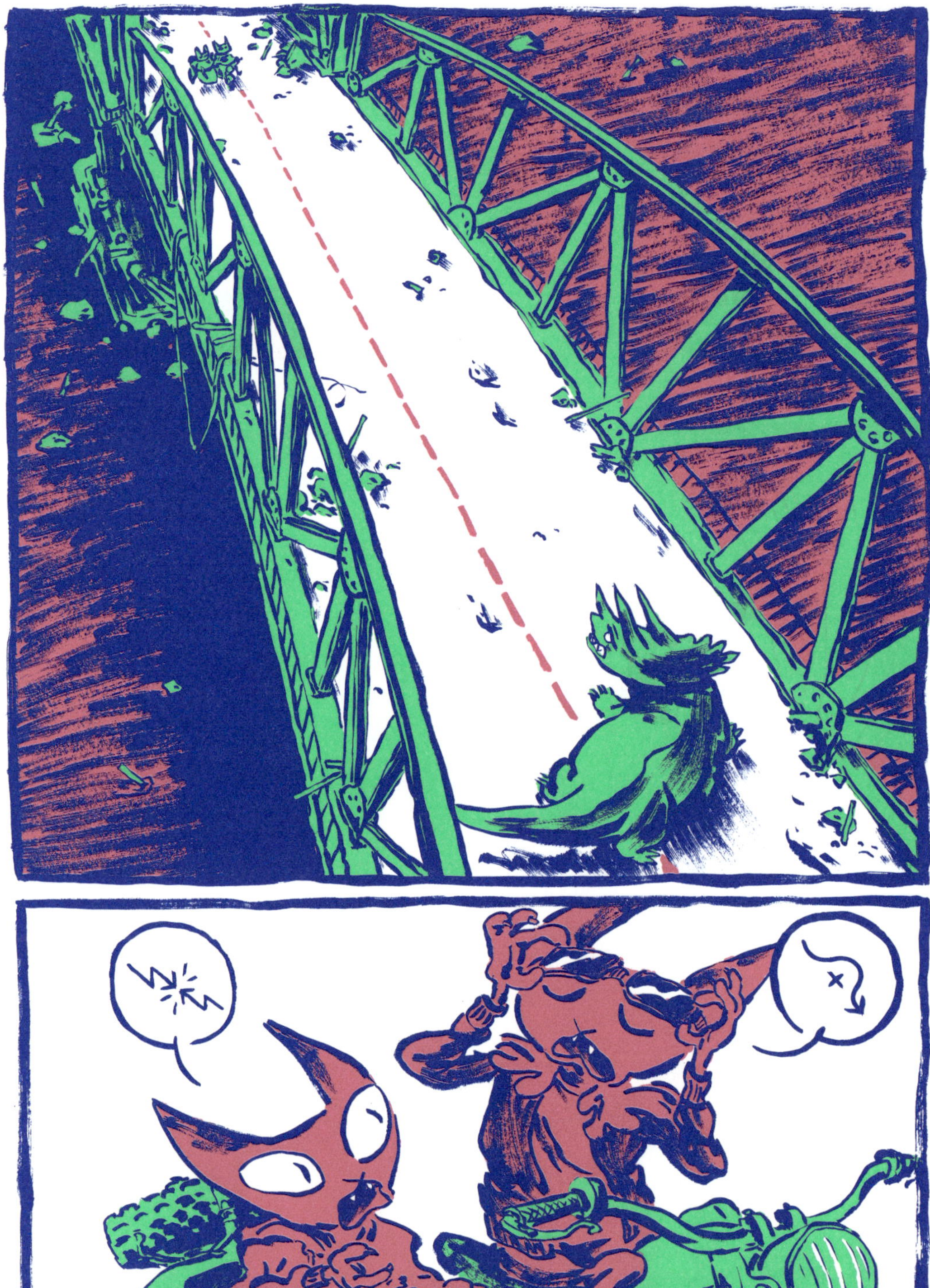

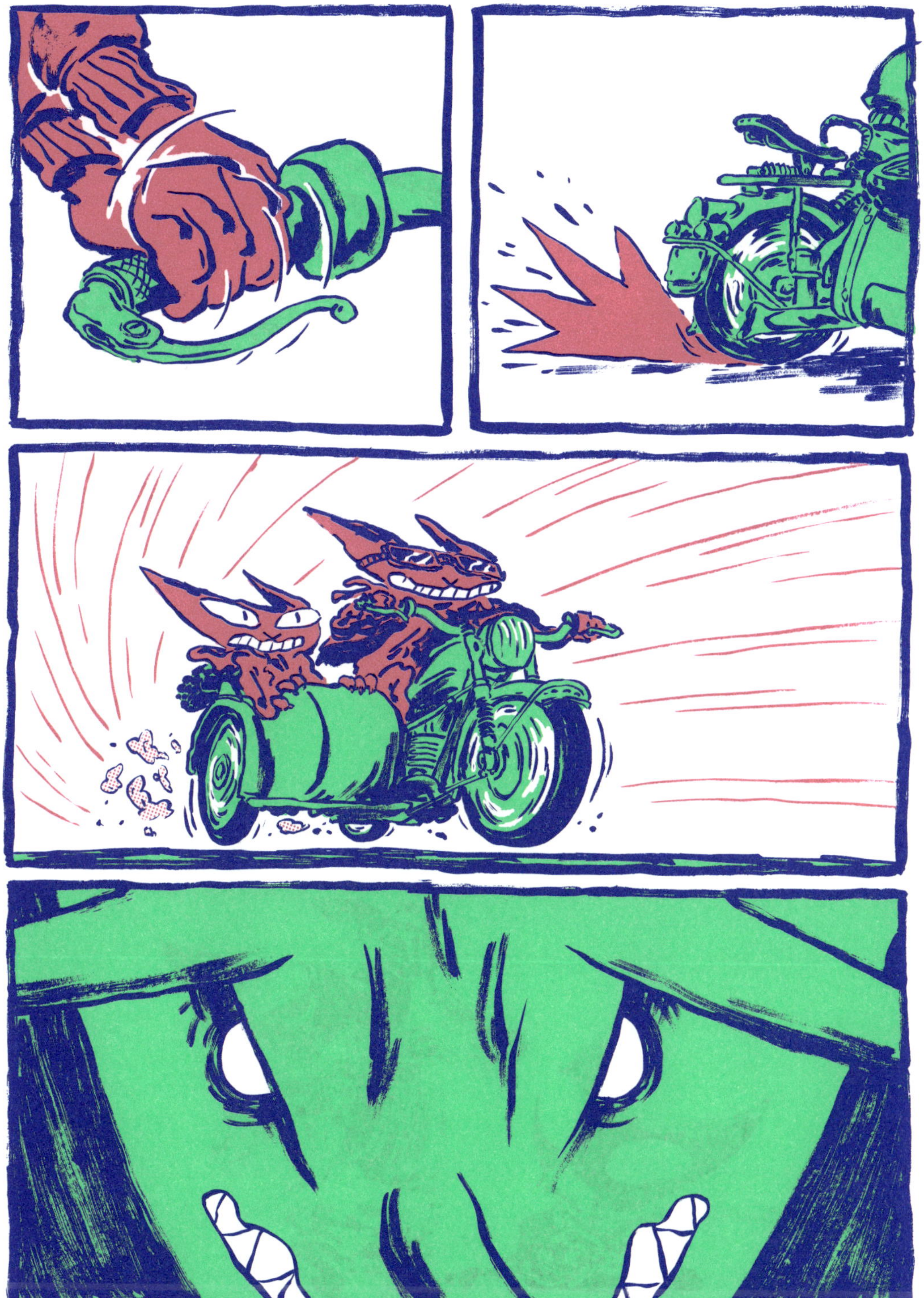

RR2016

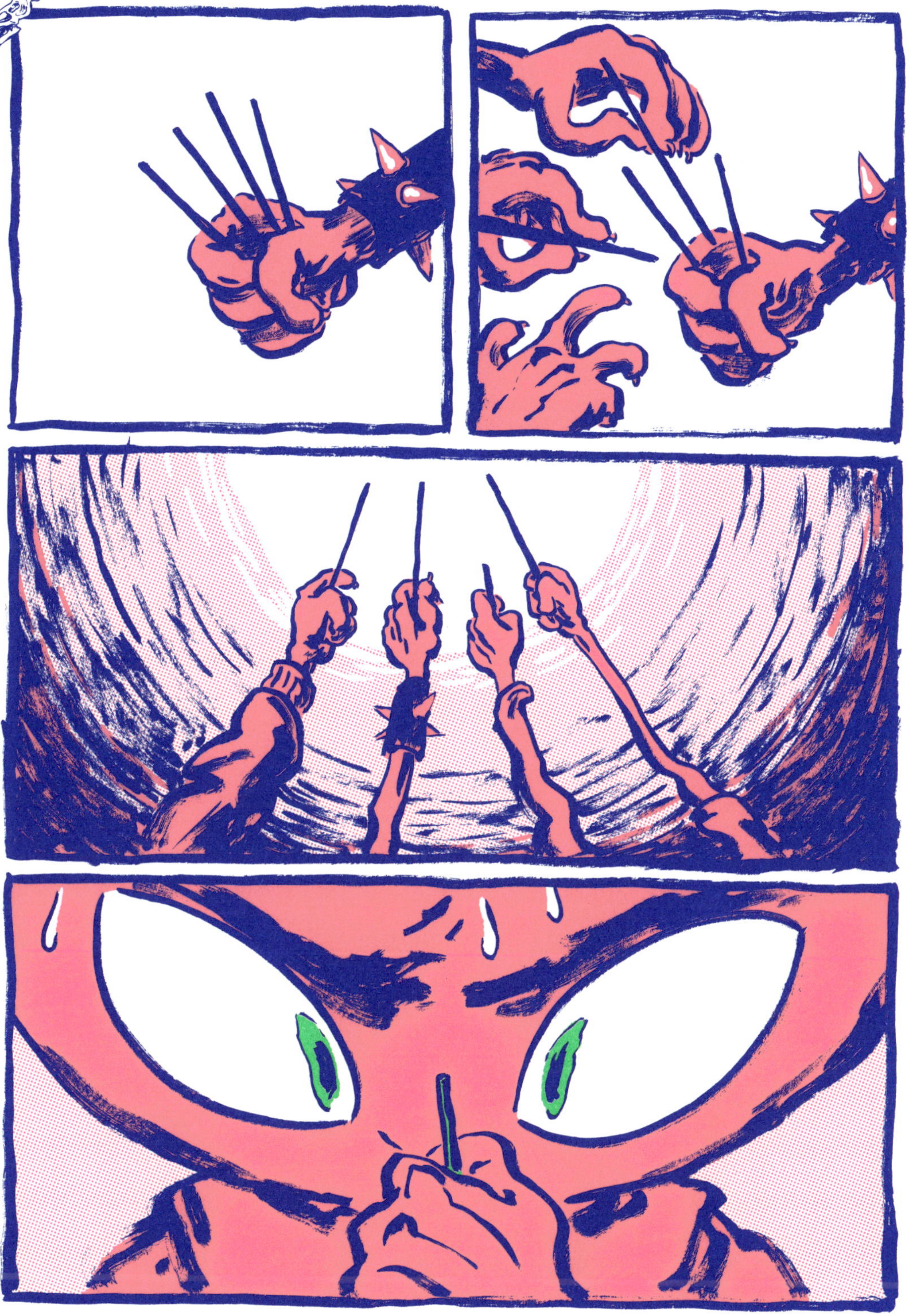

RR 2016

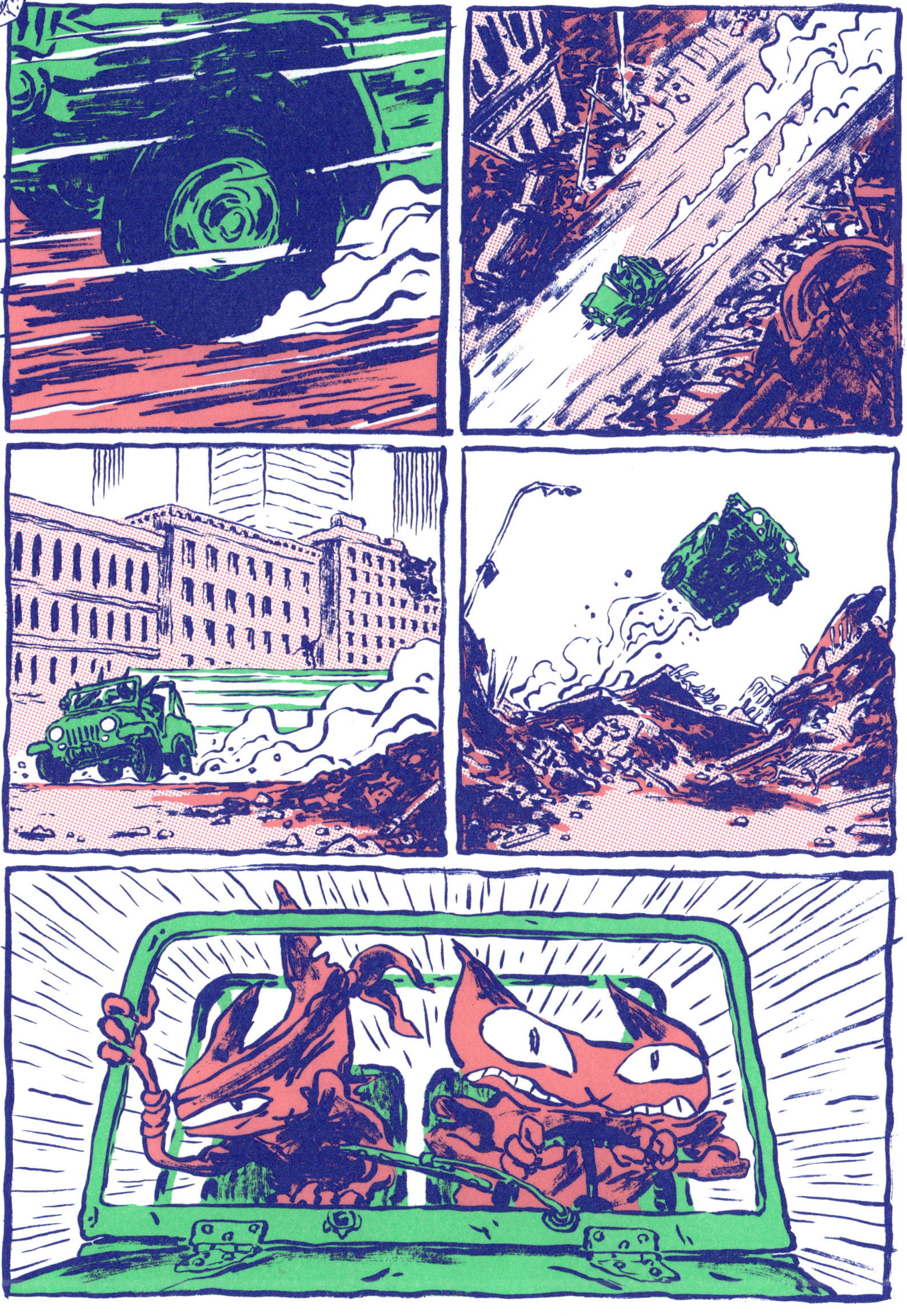

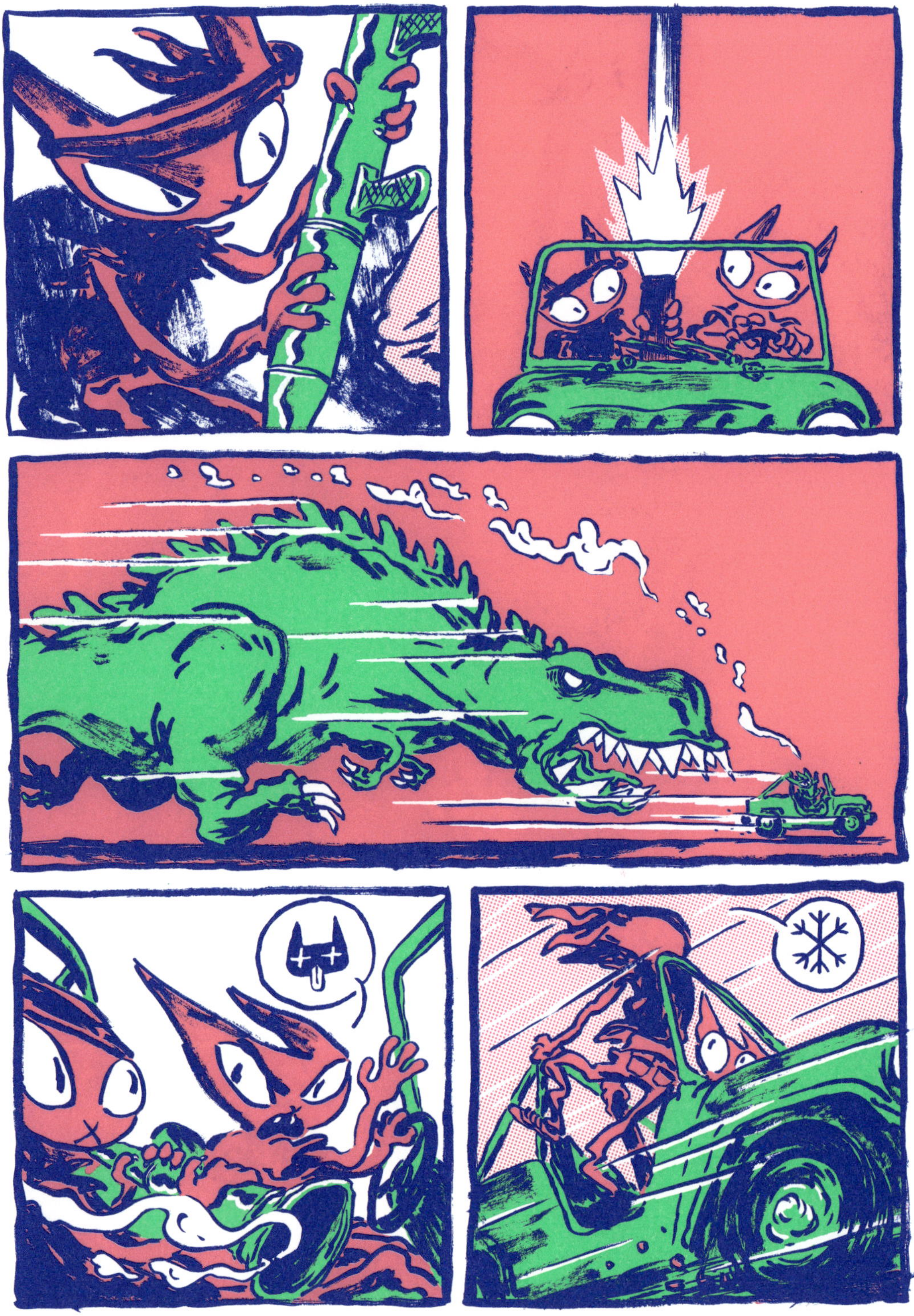

RR 2016

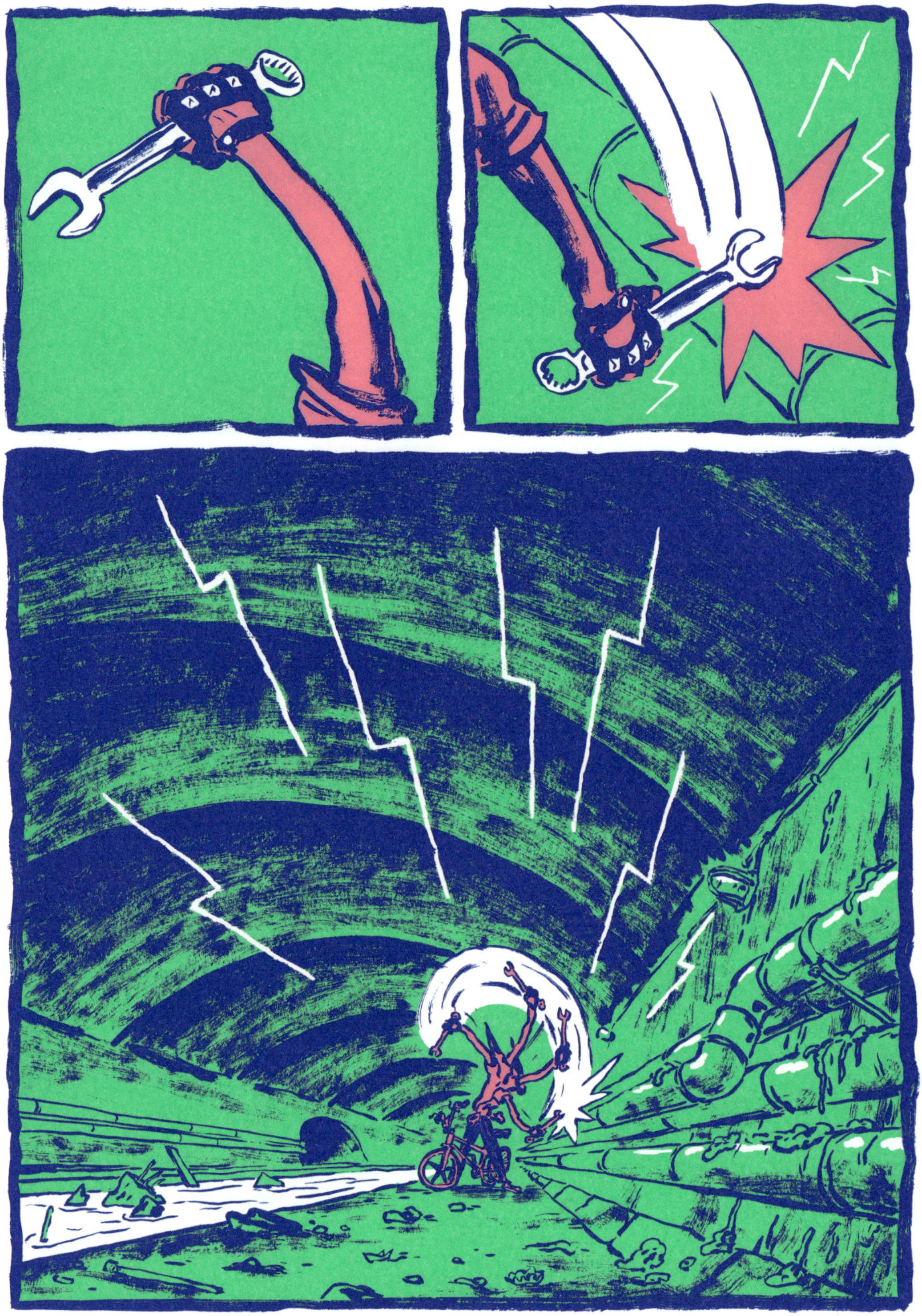

STEREO

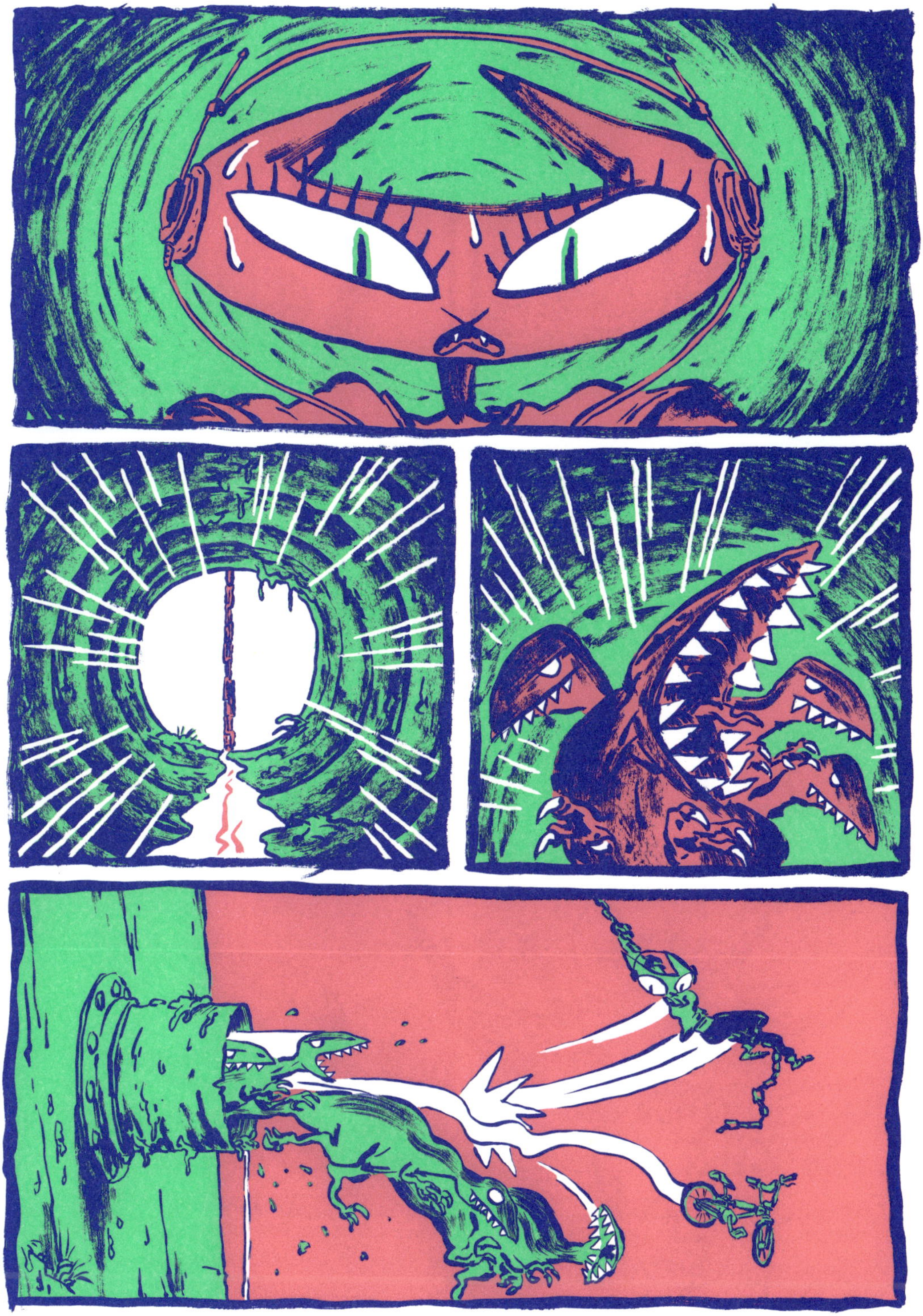

RR2016

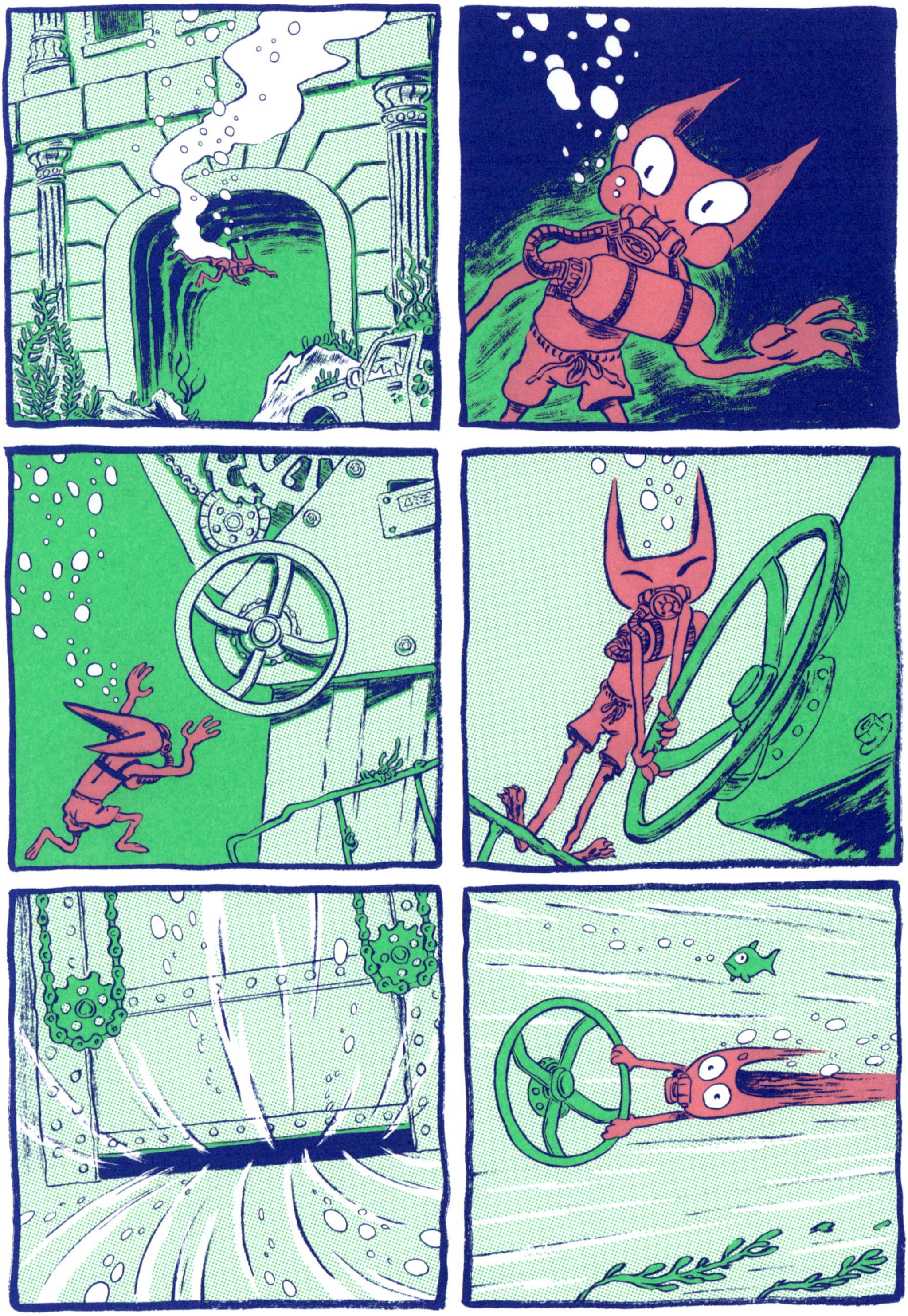

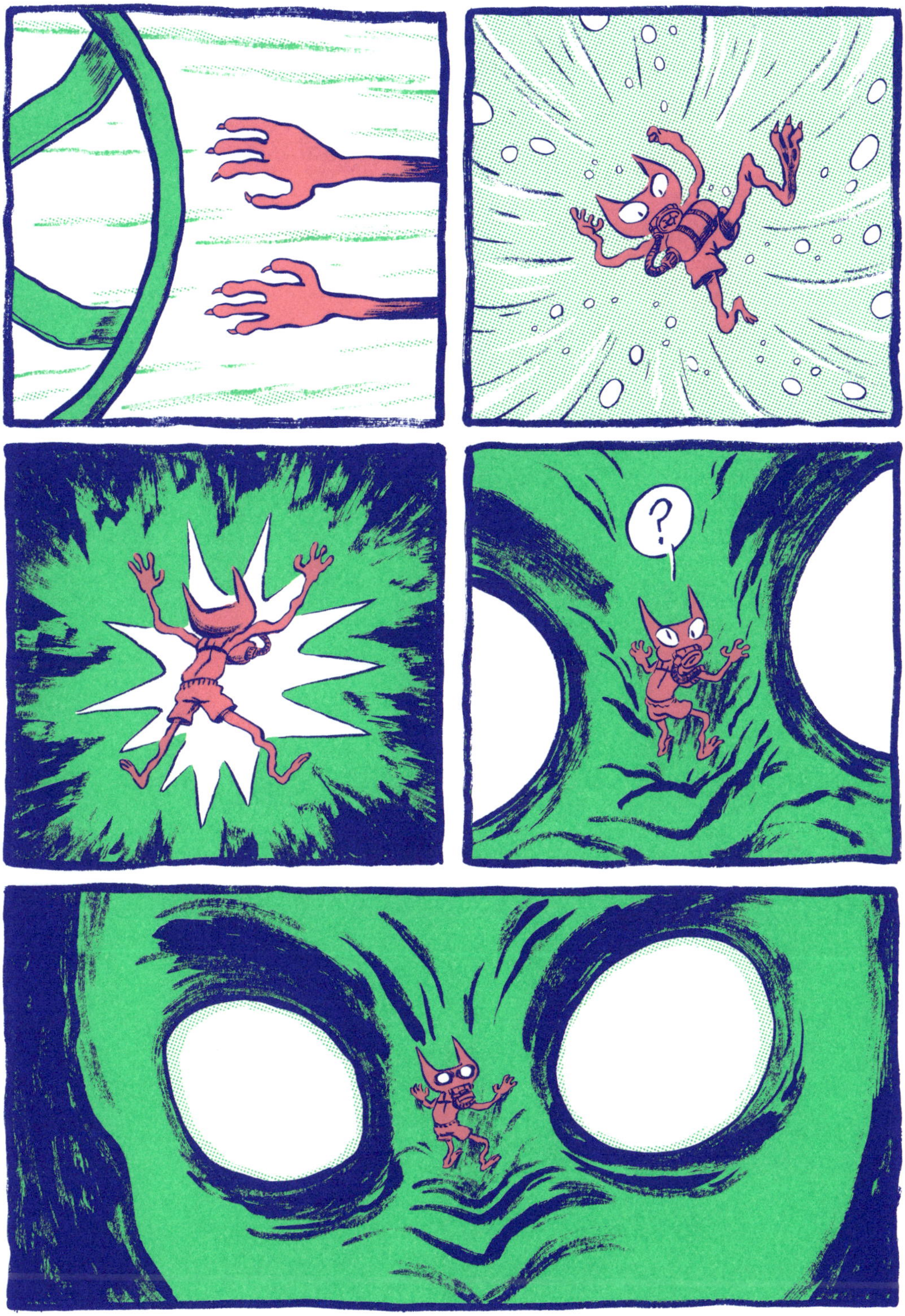

RR 2021

Du même Rune Ryberg
aux éditions *Les Aventuriers de l'Étrange* :

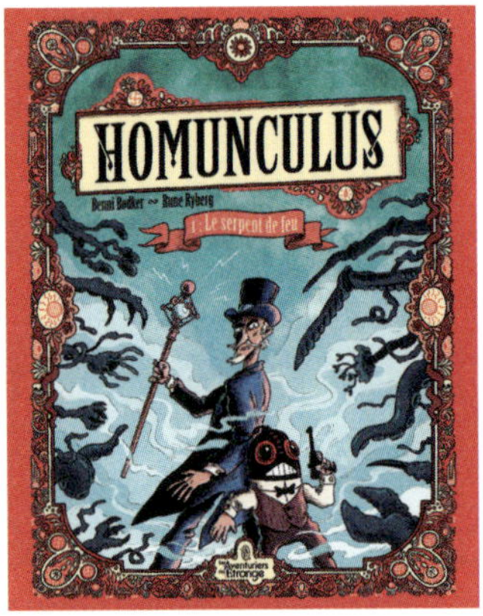

Homunculus - 1:
Le serpent de feu

Géant et le fâcheux
rendez-vous

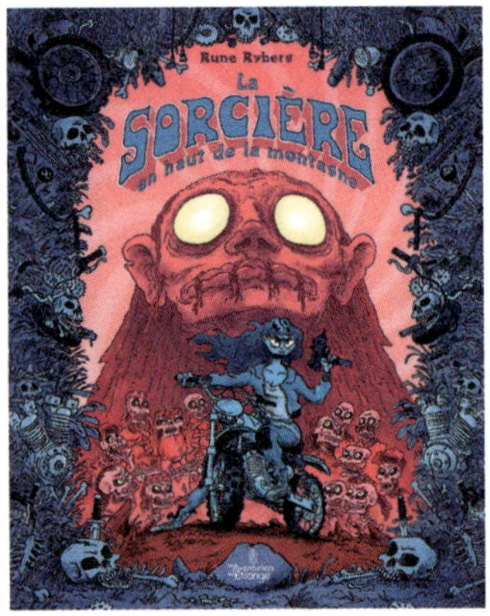

La sorcière en haut
de la montagne